時尚女王3

陳零——著

人物表

男一 傑—製衣廠老闆

女一 英—服裝設計師

男二 赫—時裝公司老闆

女二 娜—赫前女友

雅—時裝公司老闆女兒

敏—時裝公司老闆（英的養母）

黃—黑社會老大

張—傑朋友

淑—英朋友

她是如此天真，由薄薄的紙製成
高眺聳立，一個沒有親人的玩具紙娃娃
穿著許多顏色和款式漂亮的衣服
充滿想像力，神奇的童稚歲月
思緒化成久遠的記憶
體驗紙娃娃的世界，只有在微笑時才會做的事情
一個女孩可以探索的虛構世界
沒有什麼能束縛她，除了翱翔的渴望
她可以成為任何人，過著夢想中的任何生活
沒有什麼能阻止她在虛幻的溪流中飄盪
在這發現的旅程中，她永遠擁有權利
她的潛能無限，前程似錦，無論時光逝去多久

傑是一家製衣廠老闆，他在觀看某知名公司的新品發布會後，立刻畫出了當季服裝的圖樣，並連夜加工製作，上市售賣。

英被美國一所著名時尚設計學校錄取，通知書卻被她工作的服裝店老闆敏扣留，英不知通知書在她手中，想向她借錢付機票錢和學費，卻被拒絕。

當晚敏的女兒帶朋友來店裡玩，不慎造成火災，英正在店裡睡著了，聞到了奇怪的味道，醒來卻發現四處已經著火，急忙叫來消防隊。

敏回來後發現店被毀了，以為英因為沒有借到錢所以縱火，要將英趕出門外，

英表示這個店面是自己父母留下來的，應該也有自己的一部分，要拿回屬於自己的錢，敏不認同，表示英的父母本來就欠自己一筆債，自己供養英到現在，已經夠好了，拒絕了她的請求。

英七歲時父母不幸發生交通意外，雙雙過世，從此由店裡的縫紉師敏收養，成為英的養母，敏順理成章接管服裝店成為老闆，服裝店變成敏的私人財產，英卻成為她的員工。

敏的無情讓英心灰意冷，只能默默收拾行李，拿出櫃子裡的木盒，盒裡蘊藏了英美好的回憶，打開裡面是五歲時，媽媽買給自己的紙娃娃遊戲，媽媽欣賞美的事物，希望培養英富美感的心，將愉悅的感覺讓獨生女兒從小感染，色彩繽紛，花樣多麗的玩藝陪伴著英的童年，紙娃娃甜蜜的臉蛋，娉婷的姿態，各式的服裝穿搭⋯

上班正式的套裝，假日時尚的服飾，晚宴高尚的禮服，再佩戴各式皮包，鞋子，帽子，假髮，小女孩的夢幻點點滴滴蘊釀，開成美麗的花朵。

父母離開後，每當英寂寞，想念父母時，總會拿出媽媽為她收藏在木盒裡的紙娃娃，撫摸著紙娃娃，為娃娃穿上美麗的衣裳，就好像媽媽慈愛的撫摸著英的頭髮，為她梳頭，編辮子，為她換上可愛的洋裝，英看著紙娃娃的臉龐漾著笑靨，彷彿媽媽溫暖的笑容陪伴在身邊，不曾離去。

無處可去的英拖著行李，無奈的走在街上，意外發現一張招聘設計師的廣告，抱著一試的心態來到這家店面試，她嫻熟的技術贏得了店員們的好感，

優秀的表現也引起了傑的注意。

此時的傑正被高額的貸款所累，朋友張出主意讓他找時尚界名人赫借錢。傑以同學的名義見到赫，還沒說明來意，便被他諷刺一番，氣憤不已的傑發誓有一天要比赫還要成功。

傑晚上氣憤地回到店裡睡覺，發現英也住在這裡。

英沒有按傑的要求做仿名牌的服裝，並指責傑抄襲的行為，兩人各執己見，不歡而散。傑將英設計的衣服帶到賣場，卻意外得到好評，衣服大賣，讓傑也還清了貸款。

敏接到了消防隊的訊息，得知是菸頭啤酒引起了火災，很生氣的回到了家，想著自己的女兒也申請了留學，

自己的女兒落選，而英卻考上了，心裡更加悲涼。

英上網查詢是否考上了美國時裝學校，發現自己考上了，激動的留下了眼淚，但是也為無法支付學費和機票而傷心不已。

這一幕正巧被傑看到，他不由想起一段塵封已久的往事，少時的傑在街上看到一個痛哭流涕的小女孩，女孩正在哀求一個衣著光鮮的女人，不要拿走她媽媽的項鍊，卻被女人推到在地，傑尾隨女人，藉機將項鍊取回，還變魔術逗女孩開心，那個女孩就是英，而那條項鍊現在仍在傑身上。

傑查看這個學校，發現很不錯，就用自己賣出服裝的錢給了英，表示自己願意借錢讓她上學。

赫在與公司高級設計師發生爭執後，

赫父為了挽留設計師，決定將他送去紐約分公司。

英終於坐上了去紐約的飛機，憑藉優秀的成績也獲得了獎學金，解決了學費問題。

傑意外與他之前債主黃老大的女友發生關係，被發現後，慌忙逃出住處，黃派人將傑的店砸毀，並在他家圍堵傑，無處可去的傑回到父母的住處，還未進門便聽到裡面的爭吵怒罵聲，煩躁不已的傑只好繼續在外遊蕩。

英來到那所設計學院，卻被告知自己被拒絕了錄取，無法入學。

而無家可回的傑來到一處公園角落，不由想起幼時

父親帶著自己和妹妹低三下四去向別人借錢的情景，那時父親受盡了白眼和冷落，母親拋棄家人與情人私奔到美國，為家裡帶來無盡的嘲諷，而現在她一人在美國病了，父親卻還要借錢去照顧她，往事歷歷在目，傑不由地流下了淚。

紐約，赫一大早便穿戴整齊趕往公司，在路上，助理向他報告今日的行程，其中一項便是到英考取的時裝學校拜訪。這時，英也滿懷興奮地來到了時裝學校，卻被告知自己已被拒絕了申請，無法入學，無論她怎樣解釋都無法挽回入學的機會，沮喪的她正準備離開，卻被前來入學報到的雅攔下，雅傲慢地向她炫耀自己已經順利入學，雅本來在候補名單內，而英的被拒剛好空出一個名額，給了她入學的機會，無法接受事實的英想要告訴傑這件事，

服裝店的員工卻說傑並不在店裡，已經失蹤好幾天了。

獨自走在繁華的紐約街頭，英心中充滿了彷徨和無助，她不知道自己該去何從，這個城市如此陌生與冰冷，連坐在路邊的石椅上吃塊麵包都會被流浪漢趕走。

走了大半夜，終於找到一家小旅館。

經過一晚上的思考，英決定再找機會進時裝學校，在翻閱報紙時，偶然看到了赫在學校做訪問的報導，知道了赫是學校的投資人。

冷靜下來的英想起之前敏的態度，以及今日雅的話，她意識到自己拒絕申請的事，絕不是意外。

剛來到分公司，赫便召集高層召開會議，他提議走品牌化的發展路線遭到眾人的反對，還被指責不了解市場行情，不滿眾人老舊的經營理念，赫覺得無法施展自己的想法而生氣。

赫在電梯裡剛好遇到前來尋求幫助的英,英向他打招呼,希望他能記起自己,赫卻不理會英努力向他解釋來意,希望他能幫自己重新入學,赫聽過之後直接讓助手給她錢讓她離開,英感到被深深地侮辱了,她憤怒地闖到赫的辦公室,一番言辭力拒後離開了。而這樣的英卻讓赫感到有趣,這時他想起了初遇英的場景,那是在敏服裝店的開業慶典上,赫發現一個女服務生偷偷地裝了一盤點心,好奇的他尾隨女孩上了樓,女孩把點心放在桌上便出去了,而桌上擺了幾隻蠟燭和一張照片,赫在屋內隨意看著,被一本畫冊吸引住了,裡面全是設計獨特的服裝。正認真看著,突然一個聲音響起,原來那個女孩回來了,正被老闆敏斥責,因為她在服裝店店慶的日子裡祭拜父母,這個女孩便是英,赫決定幫她重新入學。

英終於找到了住的地方,是和人合租的小房子,

室友淑也是服裝設計師，正巧是同胞，可是她沒有足夠的錢預付房租，被淑要求馬上離開。

這時，淑的朋友因為裙子的問題來找她，英趁機展現自己高超的縫紉技巧，這一手絕活讓淑驚奇不已，決定讓英留下來。

而為了躲避黃老大，也飛到紐約的傑，一下飛機發現皮夾不翼而飛，身上只剩幾個銅鈑，好不容易來到一個路邊加油站，淪落異國，舉目無親的傑只好給駐美的使館打電話求助，而使館人員愛莫能助，掛斷了電話，電話費也用完了，接連而來的磨難讓傑再也忍不住痛哭起來。

痛哭之後，傑還要繼續去往紐約，終於在精疲力盡之際，他等到了一位好心的司機。

英打電話問敏關於拒絕申請的事，敏卻不接她的電話。

一心希望女兒嫁入豪門的敏百般討好赫的母親，

赫母是她的貴賓客戶，她想讓在美國的女兒住進赫家中，赫母明知她的目的卻還是同意了。雅搬到了赫家，赫卻向她詢問英的事，敏懷疑英故意接近赫，與她作對。赫得知赫的前女友娜也在紐約，而且成為了有名的設計師，她不知道赫已經找到娜，並邀請她來自己公司工作。

學校通知英重新準備入學審查，英以出色的表現通過了層層審查順利入學。傑終於來到紐約，到時裝學校找英，到了諮詢處卻被告知沒有這個學生，而英正從他身後走過，兩人擦肩而過，沮喪的傑正要離開，恰好遇到赫，他激動地抱住赫，向他訴說自己的不幸遭遇，赫卻無情地表示，不會借錢給他，警衛把憤怒的傑拖走，被丟出來的傑坐在路邊的椅子上，翻看著手中的皮夾，

原來，他剛才在與赫的拉扯中，趁機拿走他的皮夾，皮夾裡一張女人的照片，照片背後寫著：永遠的愛，娜，傑正在得意地看著那張照片，突然一個男子衝過來搶走皮夾，傑立馬追上去，兩人在紐約街頭展開拉鋸戰，遺憾的是傑最終也沒能追到那人。

赫回到家中，發現皮夾不見了，回想明白是傑偷走的。

又累又餓的傑在一家餐館外面，看到客人把漢堡吃了一半便走掉，實在餓的不行的他偷偷溜進餐館，撿起那半個漢堡就吃起來，正吃著就被餐館的人給轟走，傑只得在路邊撿垃圾果腹。

英在晚上給傑發郵件，告訴他自己已經順利入學，感謝他的幫助，她一邊上學一邊幫室友做衣服賺零用錢。

她不知道此時此刻，傑正在一家小商店裡偷東西吃，

傑坐在河邊,吃著從商店裡偷來的食物,看著這繁華夜景,淚流滿面。發洩過後,傑看到旁邊的垃圾桶上有件衣服,幸運的是,他竟然在衣服口袋裡找到了一張鈔票,這對傑來說,無疑是天上掉下來的禮物,傑拿著錢準備在網咖度夜,查看信箱時見到了英發來的郵件。

終於有了她的訊息,傑不由激動地落淚,果然是天無絕人之路,他決定立刻去找英,來到英的時裝學校,傑決定在門口等候,而英此時正收拾好東西下樓時,正好遇到坐在樓梯上苦等的傑,兩人終於相遇。

英把傑帶到自己住的地方,卻又擔心淑會不同意,她懷疑傑與英的關係不只同事那麼簡單,她害怕傑的到來會給自己帶來麻煩,不得已英決定與傑搬出去另尋住處。

英來到赫的公司，希望請他吃飯，來表達他幫助自己重新入學的謝意，把借的錢送還，並送他一件親自製作的襯衫。

約定的時間到了，雅卻來飯店見英，原來雅得知英要請赫吃飯，以為她是要與自己爭搶赫，但英卻並不將她看在眼裡，憤怒的雅故意在赫面前對英冷嘲熱諷，企圖破壞兩人關係，但英絲毫沒有退縮，堅決反擊回去。

傑的才能深受淑的客人喜歡，淑也漸漸改變了對傑的看法。

英還是決定搬出去住，終於找到新的住處，但是兩人手中都沒有餘錢，傑突然想起在垃圾桶見到的那件義大利製造的衣服，於是準備重操舊業，兩人收拾一番，齊心合力，按傑的構思開始做衣服，淑想要英繼續幫自己設計衣服，兩人達成協定。

傑拿著做好的衣服去街上兜售，一個男人上前詢問，男人說那是他做的衣服，原來這人是著名的時裝設計師Simon，傑撿到的那件衣服便是他設計的，傑憑藉自己的才能做出幾乎一模一樣的仿冒品，他的手藝很得Simon欣賞，Simon希望傑去公司找他。

當傑來到Simon的公司之後，助理娜要求傑立刻離開，傑卻表示要見到Simon後再走，兩人互不相讓，傑不滿娜的態度，向她展示自己所設計以假亂真，印著Simon名字商標的衣服，娜輕視的眼神裡帶著半信半疑，只好帶他去找Simon。

宴會上，赫在朋友的介紹下和Simon聊天，希望能得到與他合作的機會，但Simon卻心不在焉，藉故走開後，尷尬的赫竟看到了不應該出現在這種場合的傑，以為傑又想在這裡偷竊，兩人正對峙著，

娜過來邀請傑去見Simon，赫嚇了一跳，看到對自己態度敷衍的Simon竟然和傑談笑風生，他不禁疑惑傑的真實身份，而傑也想起娜便是赫皮夾中照片上的女人。

英一人在店裡吃麵包，突然傑帶著娜回來了，傑向她吹噓自己以前專門做大品牌的服裝，娜看著傑做的衣服，帶走幾件樣品，並記下傑的電話。

在晨跑的赫心頭思緒萬千，他回想起與傑幾次見面的情景，想不通這樣一個小人物會和Simon認識，他決定去問問娜。

赫提出希望娜來公司幫他，並表示自己現在有能力保護娜，希望和她重新開始，娜直接拒絕了他。

他在等待著娜的電話，連廁所也不敢去，終於電話來了，他興奮地娜來到公司，恰巧見到了娜被責罵的情景，其實也有不為人知的難處。

他意識到娜看似光鮮的工作，Simon表示對傑才能的欣賞，兩人達成合作意向。

傑高興地離開辦公室，他去超市大肆購物，準備與英慶祝一番，英一進門便看到傑準備好的燭光晚餐，看著高興的傑，英也暫時放下心中的不安，與他享受這難得的喜悅，兩人一起拍照片，吃牛排，非常開心，突然敲門聲傳來，打斷兩人的喜悅，傑開門，赫進來質問兩人的關係，告誡英如果不與傑劃清界限，就會被再次退學。

一身疲憊的赫回到家中，突然娜來找他，原來娜決定與赫合作，並提出與他重新開始。

回到店裡，看著前一刻還充滿著歡笑的屋子，英心中難過不已，她回憶著往日與傑相處的點點滴滴。

娜成為了赫公司的首席設計師，發揮自己的才能設計了一批衣服，並舉辦了一場時裝秀，

Simon 卻在電視上說時裝秀非常糟糕。

英被赫拒絕入學，無法再繼續唸書，只好和傑一起回國。

被遣返回國的英正在一家製衣廠上班，

她鼓起勇氣去向經理要求結算工資，

而經理卻說英精細要求的工作態度，

並不適合他們這種批發生產的工廠，要求英離開。

英回到傑的店，門上卻已經貼出出租廣告。

這時，赫因為時裝秀效果不佳心煩不已，娜也受打擊情緒低落。

赫父打來電話讓赫回國，

赫希望娜一起回去，與他一起面對兩人的未來，

娜考慮後帶著緊張與不安和赫搭上了回國的飛機。

Simon 用傑的設計舉辦了一場時裝秀，全新的風格讓他再度成名。英在一家設計公司等待面試時，在電視上看到 Simon 的時裝秀，記起這是傑的設計，不由為傑開心，但英面試時卻因為沒有大學學歷備受冷落。

赫與娜來到為娜準備好的住處,兩人感情復合,娜為赫的體貼感動,赫去見父親,把娜留在家中,約定回來接她,敏來見赫母,請她幫忙拿到在名牌旁的專櫃,敏故意提起娜與赫一起回國的事,並說起那場搞砸的時裝秀。惹起赫母的不悅。赫來到父親的辦公室,父看過赫分公司送來的經營狀況後,對赫在紐約的做法惱怒不已,又問起他與娜的關係,赫卻沒有說出兩人正在交往,被父親教訓一番的赫氣沖沖地走出辦公室。這時娜打來電話,赫急忙趕回去,看到哭過之後坐在地上,楚楚可憐的娜讓赫心疼不已,娜哭著想要放棄,想回去美國。赫送娜去公司,為她精心布置辦公室,娜正在觀看時,設計師來找娜,對她諷刺一番,

直言娜出身低微，惹起娜反感。

英因為面試沒通過，沒錢繳納房租被人趕出門，在路上行李又不小心灑了一地，她拚命抑制眼淚讓自己堅強，在路上意外看到寫有傑名字的廣告，滿懷希望的她又回到店裡找傑，卻發現傑為了還債，店已頂讓出去。

這時一輛計程車停下來，黃老大的女人衝進店裡，對著英說自己是傑的愛人，對英大打出手，傑在門口看到英因為自己被毆打，卻害怕被黃抓到而不敢去救她，坐在公車上的傑回想著英被眾人打罵的情景，心疼不已，不由痛恨起自己的沒用。等車子一停，他便立即衝下去，發瘋一般跑回英那裡。可是等他回到店裡，人卻都走光了，傑在桌子底下發現英留下的行李。

敏正要回家,卻看到蓬頭垢面的英讓她嚇了一跳,她對英諷刺一番後詢問她的來意,英請求暫時住在這裡,敏不同意,英又提出希望借一筆錢,她還是不同意,英強忍著屈辱感,堅決要留下來,敏以報警威脅,英卻說記者知道了一定會很喜歡,敏只得退讓。

英回到以前居住的房間,這裡已變成雜貨間了,她強忍著身上的疼痛收拾空間,看著鏡子裡自己鼻青臉腫的樣子,英忍不住落淚。

傑躺在床上,聽著姑姑在耳邊不停地指責抱怨,再也忍不住跟她理論起來,兩人因為舊事爭吵不休,姑姑罵他不去美國找生母,卻在自己家裡浪費糧食。

姑姑又提起傑媽媽拋棄孩子跟人私奔,她要照顧傑兄妹,生活艱辛,聽到傑竟然抱怨妹妹的死是自己的錯,姑姑多年的怨氣終於爆發出來,

傑沉默不語，拿出一疊錢給她，便起身離開，正要出門，卻恍惚聽見有人叫他「哥哥」，轉身之後，傑彷彿看到妹妹正站在那裡等著自己回來接她。

英在燈下設計著衣服，她冷得不停地搓手，還喝酒來暖身，她從敏的店裡找到做衣服的材料，很快便做成一件。

赫正在翻看娜帶來的設計稿，這時電話響了，原來是英打來的，英想請赫看看自己的設計稿，赫卻推說沒有時間，告訴她自己有空會聯繫她。

娜詢問是誰打來的電話，赫卻避而不談，赫對娜的設計稿並不滿意，娜很生氣，答應重新設計一份，便離開了。

赫卻立刻給英打電話約晚上見面。

敏正在接受採訪，向記者誇耀女兒正在美國念書，

英突然進來,說自己要出去,問她借車費,當著記者的面,敏不得不裝出笑臉,給了英錢,記者看到英身上穿的設計感的衣服,問是不是敏的作品,敏撒謊承認。

傑來找黑社會老大黃,黃追問英的下落,傑說不知道,黃卻不相信,傑努力向他承認自己的錯誤,想要他原諒自己,而黃卻想要除掉傑。

赫在約定的地點等英,他對著鏡子不住的打量自己。

傑被黃的態度嚇呆了,他大聲說自己有東西給黃看,企圖引起他的注意,原來傑救命的法寶便是那件由Simon發表的衣服,傑告訴他,那是自己設計的,黃不相信,傑努力說著那件衣服的價值,

表示自己可以馬上打電話給 Simon 來證明自己的話，黃相信了傑，決定給他機會。

赫看到英臉上的額傷，問她近況，英說自己很好，兩人離開飯店，赫送英回家，得知英回到了敏的時裝店，猜到她是無處可去才住在那裡。

傑冒雨來找英，路上被車子濺了一身水，正在生氣，卻發現英從車上下來，他還沒來得及打招呼，就看到赫也從車上下來，遞給她一把傘，而這一幕正好也被敏看到，她驚訝不已，英離開後，赫在車上看到英落下的小錢包。

英回到時裝店，敏質問她為何與赫在一起，懷疑英是想勾引赫，並問她為何偷用店裡的布料，逼她將衣服脫掉，還問她要剩下的車費，這時英才發現錢包落在車上了，正在尷尬時，

傑進來將錢還給敏，帶英離開，而敏又以為英和傑是情侶關係，對她更不屑。

路上，傑問英是否怨恨自己，是不是想讓他內疚所以才去找赫，英無言以對，傑又問她和赫的關係，英說只是暫時的合作，傑心裡很感激英，嘴上卻不肯承認，兩人一路無話，等回到了店裡，傑卻發現門鎖被換了，好不容易撬開鎖，兩人進去拿行李。傑看到英行李中的照片，想起兩人在紐約的那個夜晚，心中很不是滋味，傑帶著英來到朋友的店裡，將她留在這裡。

敏將英做的衣服扔掉，赫進來了，敏很驚訝也很高興，原來赫是來找英的，這讓她很不開心，這時赫在垃圾桶里發現英的衣服，很奇怪，

敏告訴赫，英那天剛從赫的車上下來，便被傑帶走了，並將英說的很不堪，企圖破壞英的形象。

傑去信貸機構想要貸款重新營業，可是卻沒有擔保，工作人員很是為難，傑說出 Simon 名字，那人卻不相信，傑只得離開。

他來找朋友借錢，突然娜來到賣場，傑看到娜很高興，請娜去吃飯，詢問自己可以從 Simon 那裡得到多少錢？

娜讓他自己去問，並答應會幫傑拿到錢，傑很高興，兩人交談時，傑詢問她為何離開紐約到赫公司，娜卻沒有告訴他原因，兩人談笑甚歡，一直到很晚，喝多的傑不停地向她說自己多有才華，娜趁著醉意，也說出自己在 Simon 哪裡工作時的艱難，傑這才明白娜心中也有許多痛苦往事。

傑背著喝醉的娜送她回家，好不容易打開門，把娜放在床上，

傑體貼的為她褪去鞋子,蓋好被子,正要離開,卻發現娜在夢中流淚。

關上燈,傑從臥室出來便看到赫站在客廳,赫驚訝地質問傑,傑正準備離開,赫突然告訴他,讓英在晚上十點前去他辦公室,卻不告訴傑原因,傑生氣的說等娜醒來,也請他轉告自己會在晚上十點之前給她打電話。

傑回到店裡,英已經睡下,他看到床邊英穿舊的普通鞋子,想起娜那雙精美的高跟鞋,心中很不是滋味,等他在英身邊躺下後,原本睡著的英卻悄悄睜開眼,起身為傑蓋好被子才重新躺下。

早上娜從臥室出來,看到赫,赫告訴她以後不要再做讓對方誤會的事,

娜說赫父問他們是否會結婚，娜承認了，赫很驚訝也有些生氣，卻沒有說什麼。

傑和英在一起吃早飯，英問他店頂讓出去的事該怎麼辦？欠黃老大的債務怎麼還？現在兩人只能窩在朋友的店裡。傑聽到這些事很是惱火，不一會兒又問起英和赫談得如何？英也不告訴他實情，傑無奈。他知道英打算考證，問她憑什麼去考？英拿出設計稿給他看，傑看到英設計的衣服，眼睛一亮，立刻想像出成品的樣子，心中有了主意。

英來到辦公室，赫看著裝扮一新的英，讓英很不自在。赫因為昨晚的事對傑非常不滿，連帶著對英的態度也很不友好，表明自己只是對英的設計有興趣，而英沒有學歷證明，所以只能和她私下合作，

並讓英現場做出一件成品來作為考核，英的設計才華讓赫很驚艷，但是英卻聽出赫並不想聘用她，而只是想購買她的設計，這讓英不能接受，赫被拒絕後很是生氣，於是答應與傑合作。

傑得知赫答應合作後，很得意，卻懷疑赫對英有意，但英不這麼認為，傑準備給兩人的新店取名英英服裝廠，英以為這是以自己命名，很高興，傑卻故意說這是自己偶像的名字。傑拿到資金後，店裡的人對他的態度馬上變了，一直誇英能幹，傑決定請大家吃料理，主要是要感謝英的功勞，都是她的才能拯救了傑的事業東山再起。

料理店裡，服裝店的女工爭著跟傑敬酒，突然一旁的女人站起來拉著傑大聲說話，原來是紐約的淑也回國了，淑講述自己的不幸遭遇，講著講著便哭了起來，淑想去傑的工廠工作，傑同意了，

這時英走進來，兩人激動地相擁。

赫的資金將製衣廠再頂回來租給傑，大家收拾一番準備重新開張，淑對店面的窄小很是抱怨，傑詢問淑住的地方，想讓英搬去和她一起住，於是兩人收拾好行李搬到淑租住的小屋。

赫收到快件，打開是英的設計稿，他對英的設計非常滿意，娜重新設計出一批衣服，赫卻並不是很滿意，首席設計師指責娜的設計沒有靈感，沒有新意，娜很生氣卻無法辯駁，赫將英的設計拿給娜看，得知赫已經決定用英的設計來發布新品，很生氣。吃飯時傑不停地打電話，問供應商購買布料，但是沒有人答應他，傑為此非常煩惱。英抱怨他不該把買布料的錢還債，傑卻怪她做樣品不要用那麼好的布料，

兩人起了爭執。末了，傑只得讓英去找赫借點布料。

突然赫來到這裡，打斷眾人的議論，大家對他突然到來很是驚奇，赫質疑傑這麼小的店裡不可能做出精美的服裝，讓傑很不高興，對於赫看不起店的態度，更是氣憤，赫問英是否能順利完成任務，英給了肯定答覆，赫卻命令英在樣品做出前去他的公司上班，傑想反對，赫卻直言傑處境的困窘，以還錢威脅他，傑考慮後讓赫答應給英優厚的待遇，同意了他的決定，赫在加班趕製衣服，他將英的設計大量製作。

英準備去赫的公司上班，傑想讓英偷偷從公司拿點材料，英很震驚，突然傑接到一個電話，忙衝出來，想起之前員工建議用廢舊材料做衣服，忙準備起來。

赫告訴助理以後要滿足英的所有工作上的需要，

然後便安排英工作。傑店裡，大家正有序地工作著，傑在一旁不停地催促讓眾人加快速度。

傑拿著契約去見黃老大，告訴他準備以黃的名字打造一個時裝王國，並為他描畫了一個很美的前景，這讓黃很高興也很期待。

赫在忙著為新品發布的事，他將所有精力都放到這件事上，赫準備讓英做娜的助理電梯裡，娜問起赫是否還想與她同居，赫卻說的很含糊。敏告訴赫母英的事，並說她和傑有牽扯，赫母卻不在意，並告訴她赫喜歡的肯定是英，之後敏得知英在這裡工作，更加生氣。

英在公司的倉庫裡尋找材料，她爬到高處拿布料的時候卻差點摔倒，

正好被進來的赫接住,兩人都感到很尷尬,英忙離開赫懷抱,赫對於她拿這麼多布料很奇怪,英忙掩飾過去,等赫離開後,英才推著布料離去。

赫因為與英的接觸偷偷開心著,卻在公車站看到英坐在那裡,身邊有個很大的包裹,英本想遮掩住包裹,赫卻不在意,主動送英回去,英解釋自己是想拿到工廠去做,但赫不以為意,只是讓她多跟著娜學習,並問她住在工廠是否習慣,有困難就來找他,赫把上次丟在車上的錢包還給她,英看著裡面的錢很開心。

娜突然來到傑的工廠,讓傑很意外,看著雜亂狹小的工廠,娜忍不住皺眉,娜問傑是否給Simon打電話?傑說自己很忙等有空再說。但娜卻突然變了態度,質問傑只是個賣冒牌貨的,是想騙誰?

娜提出自己會支付違約金，讓傑立刻把英帶走，傑對娜的態度都是因為英在公司，她才落到這個地步。兩人在門口遇到剛回來的赫與英，赫質問娜為何在這裡，娜不願多說，直接離開。

英正在敷面膜，傑走進來，問她拿回來的是什麼？英說是材料，傑苦笑不得，他一句玩笑，英便當了真，英很生氣，傑繼續問她和赫是什麼關係？並說別在他面前展示兩人的關係。

回到辦公室，傑想著剛才四個人見面的情景感到很可笑。

赫與父親一起做運動，父親說自己最討厭沒有能力的人，嫉妒別人成功，抱怨自己的失敗，心存歪念。赫明白他的意思，回到公司後便指責娜為了英這樣的小角色就去見傑，娜以為赫是在吃醋，赫卻表現得對傑很不屑。

英去上班卻沒辦法打開門，工作人員問她的身份，又問她的包裹裡面有什麼？組長過來問英是誰介紹到這裡的？英說出赫的名字，讓他很驚訝，他帶著英去質問赫竟然瞞著他做新產品，赫用身份威脅他，迫使他離開。等他走後，赫警告英不要自作聰明，讓她聽從命令，加緊工作進度，還問她是不是喜歡傑？否則怎麼會被他害的這麼慘？竟與傑狼狽為奸偷材料，英聽後很不高興，赫卻說她曾經有好的機會，還可以拿到獎學金，現在卻還與傑混在一起。英說自己在傑店裡時是記憶中最溫暖的時候，很安全，而自己能去美國就是傑給的機會，當傑有困難時怎麼能不幫？現在回到傑那裡，就像回到家一樣，怎能離開？英來到設計室，娜卻對她愛理不理，指責她不做事，卻頻繁出入赫辦公室。英沒有辦法辯解。

傑來見黃老大，黃問他想要什麼，傑說想要錢。黃教他自己的處事方法，讓他狠下心，收買別人忠於自己，做壞事，而自己卻保有尊嚴，擁有金錢，並說會給傑豐厚的資金投入，傑有了資金很開心，準備大展一番事業。

公司的人都吃飯去了，英吃著便當，這時電話響了，赫約她一起吃飯，他拿出一家合作公司的資料，說這裡老闆不錯，看重能力而不是學歷，想讓英在合作結束後去那裡工作。但英卻說要是傑的店也能發展成這樣就好了，赫一下子便生氣了，氣英不知好歹，英無言以對，赫起身離開，沒有發現娜就在旁的座位上偷聽了他們的談話。赫開會討論公司品牌發展計畫，看到娜進來卻毫無表示。英在做衣服的時候又想起第一次見赫時的情景，和昨晚兩人的對話，她有點明白赫的意思了。

傑反覆檢查著做好的衣服,並拍下照片,做好標記,而傑回來發現屋子裡做好的自己設計的衣服,英就在旁邊忙碌,很驚訝,她覺得這麼做不對,因為赫預付了資金,自己已將這批設計稿寄給赫,但傑卻說這是店裡的設計、技術,為什麼要便宜赫,英認為生產相同的服裝,這樣做是欺騙,傑卻又說英這麼想是背叛自己,兩人不歡而散。

赫的父母都來參加公司的樣品展示會,赫母對娜還是很不滿,赫父對這次的服裝很滿意,組長也很驚訝,敏到場參觀想起被自己扔掉的那件衣服,意識到這些衣服出自英之手,很驚訝英的手藝更肯定自己的猜測,赫一定喜歡英。

傑帶著模特也在店裡拍照準備新品發布,英雖然不同意但也沒辦法,

傑忙完回到店裡，英已經躺下，但她並沒有睡著，傑在與客戶聯繫時娜突然打電話來，他知道英沒有睡著，交代她鎖好門後便離開了，英睡不著，她找出酒喝起來，突然赫打來電話，英直接關機不接，赫也在喝酒，他一遍遍打電話卻打不通。

傑來見娜，陪她喝酒，娜問他英到底是做什麼的？進入英公司的目的？她以為英和傑是情侶關係，但傑卻否認，娜說公司都以為衣服是自己設計的，其實英的才華超越她，赫就會不停地找英，她很擔心，她試探提出讓英與赫一起做事，而自己和傑一起，但傑拒絕了她，娜生氣準備離開，傑卻說希望和她這樣見面不要牽扯赫，娜嘴硬說自己的人生目標就是赫，讓傑不要自作多情。

赫喝醉了來找英，英嚇壞了，忙把傑做的衣服藏起來，

誰知赫自己進來了,得知傑不在,看到英住的地方,英躺在床上,喝醉的赫突然把英拉倒吻她,英嚇壞了,這時傑回來了,將赫暴打一頓,赫的助手忙進來阻攔,將赫救走,赫看著臉上的傷生悶氣,他打電話說今天不能去上班,卻得知突然之間商場上滿是自己即將發布的新品,他忙去確認,事實讓他驚訝不已,決定找傑算賬。

工廠裡都在為傑高興,只有英很不安,傑來到赫的公司,見到傑得意的樣子更加生氣,赫說傑是侵權,提出準備告他,但傑並不害怕。這讓赫更加生氣,傑已註冊了著作權,傑拿出一份檔案指出赫的陰謀,讓赫無言以對。

離開赫的公司後,傑在街上看著櫥窗裡的豪華轎車,心中充滿了對未來的信心。

赫瘋狂地開著車,他心裡滿是怒氣,全速向前飛馳,此時的傑正在街上閒逛,他來到化妝品店,

在店員的推薦下仔細地挑選著，赫來到傑店門口，他上前攔住英，英露出驚慌的表情，赫懷疑英一開始便知道這件事，他心中又氣又失望，英卻無法解釋，赫氣瘋了，立刻轉身離開。

傑回來看到這一幕，也不理會英，直接進屋，買的化妝品也被扔在地上，女工們在吃飯時討論傑與赫誰更優秀，英一邊沉默不語，突然說出自己喜歡傑，但不知傑對自己的態度，不知該怎麼辦。

傑正在床上翻來翻去，英回來了，他忙裝睡，英坐在他身邊說自己不管怎樣都會站在傑這邊，但心裡卻會難受。但她只會自己難受，而她最難過的是傑對她的誤會，說完便醉倒在地上，傑忙起床將她扶上床，看著英的睡臉，傑心中嘆氣，

他來到英的床上躺下想著英說的話，心中意識到了什麼。

助理來告知赫，律師說這件事是關於設計權的，公司贏的幾率不大，由於對方搶先註冊，所以只能先中斷生產，等待時機，赫聽後大怒，對助理和律師很不滿，娜來見赫，看到赫的手機上滿是打給英的電話，正在生氣時，赫回來奪走手機。

敏正在設計圖樣，她想起英用店裡的舊材料做出的那件衣服，相信赫公司的服裝是出自英之手。

娜來到敏的店裡說兩人是同種人，希望兩人能好好相處，敏覺得奇怪，娜說敏也是在英媽媽的店裡做縫紉師，慢慢學會技藝，成就如今的地位，敏一聽到這話立刻變了臉色，娜笑著說想讓敏跟赫好好談談，敏明白了她的意思。

敏告訴赫說自己上次看了樣品發表會就很驚奇，猜想到應該是英的作品，赫聽到這話，立刻很緊張，她提出讓赫以盜竊公司機密，泄露設計的罪名告英，赫聽後驚訝地楞住了。

但赫準備滿足傑的要求，寧可吃些虧空。

他建議將事情告訴董事長，這時助理進來說詢問了很多律師，但都沒有辦法解決，

晚上赫不停地喝酒，想著敏的提議。

娜正準備睡覺，突然赫醉醺醺地回來了，他對著娜大呼小叫，說傑威脅他要公開娜與自己的秘密，向自己要封口費。

英正在做衣服，突然走神壓到了手，眾人忙來幫忙，這時法務部的人來到店裡，將英帶走。

傑正在與朋友一起吃飯，討論賺了錢後該怎麼辦？

傑打算先給英買個房子，正在說著，

突然傑電話響了,他立刻趕往赫公司,見到赫,傑質問他為何要扯上英?但赫並不害怕,還指出英曾偷拿材料的事,憤怒的傑讓赫有仇衝著自己來,不要傷害可憐的英,但赫說英是自作自受,兩人互不相讓。

赫說英馬上就會收到法院的傳召,她的設計生涯也快要結束了,傑氣瘋了,但卻毫無辦法,他忍下怒氣承認這一切都是自己瞞著英做的,赫拿出一份對傑不利的檔案讓他簽字,傑毫不猶豫地拿過契約卻寫下罵赫的話,並說願意和英一起去坐牢。

傑簽了同意契約書後,英被釋放回來,正躺在床上畫設計圖,傑回來,先問她手怎麼樣了,指責她這麼不小心傷到手,讓英不要擔心這件事,自己會解決。

回到辦公室,他一遍遍想著赫的話,煩躁無比,

想了一夜終於有了決定。

赫在辦公室等待著，助理帶著起訴書來見他，赫卻又改變主意，不再起訴英，決定給傑資金。

傑到了赫的辦公室，提出要和赫和平共處，他將那件 Simon 展出的衣服給赫看，說自己和英的能力是有目共睹的，赫只要和他合作就一定能成功。赫心動，取消了訴訟，他看著傑設計的那件衣服，很懷疑，傑又說娜可以證明，赫便相信了他。

英對傑決定與赫合作的事很反對，傑反覆勸她，說英的才能不能只是在店裡這種地方，以赫的資源可培育支持英參與國際性的比賽，讓英的實力登上世界舞台發光發亮，英聽後想了想，勉強同意。

赫約娜一起吃飯，他也同時約了傑和英，赫指責傑貪婪無恥，還表現的對英很擔心的樣子，傑氣極了，英忙穩住他，主動向赫道歉，然後指責赫扭曲事實更加可恥，說完便起身準備離去。傑和英自己擔任模特為做出來的衣服拍照，傑看著照片上漂亮的英很高興，傑給Simon寫了信，向他展示自己新設計的衣服，傑正在睡覺，突然接到Simon的電話，激動萬分，傑和Simon約定好見面，兩人都為這個訊息興奮不已，傑說賺到錢後首先要給英買個好房子，英卻並沒有很高興。她想了想，主動吻上傑，傑明白英的心意，很尷尬地說這樣是不對的，便慌忙出去了，兩人各自躺在床上，都為剛才的事心慌慌。

他將組長叫到辦公室，組長說英是個天才，他願意把英帶到公司，不能錯失這麼好的人才。

赫得到想要的答覆，也對組長的看法很滿意。

製衣廠裡大家在忙碌的準備傑要帶去美國的樣品，英因為昨晚的事，見到傑便忍不住臉紅心跳，突然張進來，交給傑一個信封，裡面是黃老大給他的資金，傑把信封交給英，兩人終於坐上去美國的飛機，傑握住英的手向她道謝，讓英忍不住落下喜悅的淚水。

紐約，Simon正在觀看樣品展，傑帶著英來到這裡，Simon見到傑很熱情，此時赫也坐上了去紐約的飛機，傑在穿衣服的時候看到脖子上戴的項鍊，想起這是英媽媽的東西，想了想便收了起來。英正在旅館房間換衣服，突然有人敲門，英忙去開門，竟然是赫，英說有人請吃飯，赫猜出是Simon，問他們下一步打算，赫問英是不是不想再上學了，英沉默不答，

赫只好離開。卻在門口遇到傑，赫冷著臉離開，傑又把項鍊裝回口袋，不打算還給英了。

傑和英回國，傑在房間整理衣服時，又看到那條項鍊，沉思起來，英打開手機聽到赫的留言，忍不住發呆，這時傑進來拉她出去慶祝一番，兩人對坐著喝酒，想起上次在美國一起慶祝的事，兩人都很感慨。

赫接到報告說 Simon 對傑的設計很賞識，打算幫助他的品牌進駐百貨公司，得知傑有了自己的品牌感到很可笑，卻又得知傑已經找到一個有力的金主黃老大，只要包裝迅速就會很快打入市場繼而進軍全球，離開辦公室後他接到英的簡訊，向他道歉，這讓赫又忍不住開心起來。

傑和英正在整理衣服，英問傑是不是在生自己的氣，傑卻不解釋，這時傑接到娜的電話，約他出來見面，

傑說了一聲便出去了，娜正在門口等他，英出來看到傑上了娜的車，很難過地哭了。

娜帶著傑一直往前開，傑問她到底要去哪，娜說自己只是想找人陪陪自己，這讓傑很高興，感覺自己贏過了赫，傑和娜在旅館裡喝酒，娜說著自己的經歷和辛酸，傑在一邊安慰她，兩人互相詢問生活情況，娜想到赫便很傷心，傑說自己在美國見到了赫，娜聽到後很心慌，傑建議她和赫結婚。但娜卻忍不住落淚，她想起兩人曾經那麼相愛，她再也忍不住失聲痛哭。

英躺在床上輾轉難眠，早上醒來發現傑徹夜未歸，心中很難過，傑回到店裡看到英正在掃地，英對他很冷淡，傑以為她還在生氣。

娜因為宿醉遲到了，赫進來辦公室，問她昨天怎麼沒回家？

現在又一身酒氣,是不是有了外遇?繼而憤怒地問是不是傑?赫很生氣地打電話,將傑所有的工廠全部收回,不租給傑了,工廠裡大家正在為生意忙碌著,得到了新的訂單大家都很高興,這時傑卻遇到困難,由於赫的命令,之前合作的製衣廠停止與傑的合作,黃老大也突然停止向傑供應資金,很快連布料商也停止供應布料,還要求傑立刻結賬,傑的處境一下子變得很困難,赫也在多方面打擊傑,通知所有供應商與傑中斷合作。

助手拿著衣服進來讓他挑選,赫又看到英設計的衣服,心中有了計畫,助手推著衣服架出來,卻不小心把一件衣服掉落,娜撿起一看竟然是用英的名字命名的,猜出赫用意感到很可笑。

製衣廠裡女工們正在用晚餐,傑匆匆出門去籌錢,女工們也在愁剛開始的事業竟然又遇到困難。

英來到約定的地點見赫,赫問她喜歡吃什麼,又把英帶到餐廳,將準備好的禮物送給她,英打開後驚訝地發現竟然是自己設計的那件衣服,得知馬上就要進入賣場後英很高興,而發現商標竟然是自己的名字後,英非常驚喜,赫說這是作為那件襯衫的報答,讓她不要客氣,並問她願不願和傑一起與自己合作,英說要回去詢問傑的意思。

傑看著存摺在發愁,一筆筆算著帳,這時英回來了,英說赫提出合作,傑很生氣地指責她為何要與赫接觸?看到英提著購物袋,他心中更加煩悶,告誡她不要隨便出門,多待在店裡工作,兩人不歡而散,英躺在床上很久都睡不著,她拿出赫送的那件衣服,

看著商標心中非常高興，但想到傑又忍不住擔心，傑正在睡覺，突然接到電話便急忙出門了，英醒來見傑不在很擔心。

赫在鏡子前一遍遍試著衣服，剛到公司就見到傑在等他，傑主動向他道歉，讓他不要再干涉自己的生活，斷自己財路，原來最近傑所遇到的困境都是赫下命令做的，赫說是傑不懂自己的身份，那麼低微卻和每個女人都糾纏不清，傑氣極便離開了。

英將自己存下的錢給傑用，傑不想用她的錢，英卻堅持決定，這時突然有個記者來到店裡，詢問傑這小店怎麼可以和頂級的Simon設計師合作？傑詢問記者如何得知合作的事，記者說是娜告知的，傑放下心來，開始說自己與Simon合作的事。

敏得知女兒因為成績不好在學期中被開除，又驚又氣，

她對自己這個不爭氣的女兒很無奈，感到很丟人，雅卻毫不擔心，反正以後都可以繼承媽媽的店，學校的事根本無所謂，這讓敏更加生氣。

敏來到傑店裡，剛好看到英與傑，她一反常態對傑很客氣，提出想和傑合作進軍美國市場，英對此很反對，敏又盡力說服傑，英對她冷嘲熱諷，敏卻毫不在意，還拿出準備好的計畫書，傑答應會仔細看看，將敏送走。英回想著之前她對自己的殘忍，心中很氣憤，傑說他已經決定了，或許還能找到英媽媽的線索，傑考慮過後來到時裝店，敏對他很熱情，誰知一上樓，便見到滿屋的記者，原來她已經做好準備，算準了傑會同意合作，提前把記者們找來，兩人簽好契約，很快赫就在報紙上看到訊息，傑和英還在鬧矛盾，傑好言勸慰英，給她買了一部新手機，方便她以後出去談業務，

店裡的人在一起慶祝,大家商量一起去KTV,英仍舊悶悶不樂,坐在一邊喝悶酒,傑看著英的樣子,走過去拉她起來抱住,英掙不開只好任他抱著。回去的路上,英說如果傑一定要和敏合作,自己就不幹了。

傑和娜去喝酒,得知是娜介紹與敏的合作,娜說是想幫傑,對於傑關心英的態度很奇怪,事實上傑答應給娜一成的介紹回扣,娜很捨不得傑,卻不能阻止他發展,只能決定離開。

英在燈下給傑寫信,說自己絕對不會和敏合作,這種商業上的巨大利益讓兩人都能獲得好處。

這時赫來店裡,問英想不想和自己合作?英卻不說話,赫抓著英問她要不要和自己走?

傑突然回來,大聲斥責他,趕赫離開,

赫最後一次問英願不願意跟自己走？英想了想答應了他，這讓傑無法接受，他不能理解英為何突然站在赫那邊，看到一旁英收拾好的行李，他有一種被欺騙的感覺，他憤怒地把英的行李都扔出去，不再理會兩人，可是等他回到房間卻又後悔自己的做法，終於忍不住跑出去抓住英的手不讓她離開，傑明白英離開這裡後就無處可去，所以便好言勸她留在這裡，自己絕對不會傷害她，英為這溫柔高興不已。

赫想著昨晚的情景，根本無法安心工作，這時助手告知傑與敏的合作計畫，得知傑竟然把自己的股份給了Simon一份，他為傑的精明頭腦驚訝不已。

敏帶著傑去參觀自己的生產工廠，

她打算在國內也做個推廣品牌,詢問傑的意見,隨後敏去見赫,詢問他解決資金問題,兩人正在討論著,突然助理進來告知她一些事,赫直言讓她放棄與傑合作,她卻說這事只能用錢解決,讓赫告英或是買自己店的股份,她相信自己的店馬上便會大賺一筆。英正在挑選新設計師,突然赫約她晚上見面,赫表現苦惱脆弱的一面,他決定赫告訴傑,因為無法忍受英在傑身邊,赫已失去理智,如果周一英不去公司上班,那傑的店就完了,這是最後的機會。傑在認真地畫著設計圖,聽到英回來急忙把做好的衣服雛形蓋起來,英進屋後便躺下來,她此時已經心力交瘁。傑店裡的衣服首次上市便大獲成功,賺了大錢,大家都樂瘋了,傑激動地抱著英又蹦又跳。

赫回家後接到英的電話，但此時的他已經改變了想法，所以不再接聽她的電話。

傑看到英在沙發上睡著了，便上前體貼地為她褪去鞋子，蓋上毯子掩門離開。他來到工作間繼續做那件未完工的裙子，精細地修正著每一處細節，然後在紙上寫上對英的祝福語，原來這是他為英準備的生日禮物，但他想來想去到底該寫什麼，終於他想好一句特別的話，寫好後便安心地去睡覺了，他發現英床頭掛的那件衣服的標誌竟然是英的名字，他想起英帶衣服回來的情景，明白這是赫的手段，不由冷笑。

一大早英便被切菜的聲音吵醒，傑正在廚房忙碌，傑看到英高興地祝她生日快樂，將準備好的豐盛佳肴端上來，英感動得淚流不止，大口大口吃起飯來，這時傑又把那件準備好的漂亮的白裙子拿出來，

英看到這禮物驚喜，感激的說不出話來。傑看著英，說自己以後每年都會幫她過生日，又把寫好的卡片給她看，英看著那貼心的話語又忍不住流淚，下定決心說自己今天要去一個地方，馬上就回來。

傑讓她穿上衣服試試，英換好衣服後，他把英介紹給組長，讓英先跟著他工作。

她來到赫的公司，但赫卻對她視而不見，英說傑並不知道自己要來，她已經想好自己不會道歉，也不會妥協，這時公司的設計組長被赫叫進來，赫命令助手立刻送出起訴信，

傑因為英的離開無心工作，他發現英忘記帶手機，看到赫發來的信息，明白了英瞞著自己去見赫，不顧赫正在會客，傑直接告知赫不要再纏著英不放。

傑高興地去試新車，突然接到警察的電話讓他去接受審查。

英回到店裡竟然空蕩蕩的，女工們說法院的人來把東西都收走了，還把傑帶走問話。

據說是有人投訴傑，英嚇呆了，得知是赫做的，她心中亂成一片，看到傑的辦公室一片狼藉，不由地懊惱起來。

此時傑正在接受審問，他要求馬上離開，並說自己現在有筆大生意要做，與赫公司的事也早就解決了，他與赫還是同學，但檢察官只說證據確鑿，無需解釋。

這時傑才知道赫要娜作偽證，以剽竊娜設計的名義來控告他，傑解釋那只是一場誤會，那些搜來的衣服都做了證物。

英給赫打電話，赫不接，她又跑到赫的公寓，質問他為何投訴傑，但赫卻並不想和她談這件事，英不放棄地跟進赫家裡，說今天去上班，只是不希望赫做出傷害英服飾的事，

但赫竟然還是做了，赫反駁說沒做傷害她的事，

英怒極，大聲說現在工廠已經被迫停掉，自己已經答應上班了，他為何還要為難傑？赫也生氣地說這是他和傑的事，讓她不要插手，如果不願意，她可以不用上班，隨即下逐客令，但英卻說取消投訴前自己絕不離開。

傑就在樓下，目睹兩人上樓的情景，此時正在焦急地等待著，等了許久不見英下樓，他只好先回店裡，看著英的床鋪心情更加煩悶，他動手收拾凌亂的屋子，他懷疑英和赫的關係，越想越生氣。

赫醒來看到英還睡在沙發上，便幫她蓋上被子，這時英的手機響了，赫看到是傑打來的便故意接聽，讓傑誤會兩人的關係，傑果然生氣了，讓他告知英醒後馬上回來，但赫卻把通話記錄刪去，刻意不讓她知道，

英醒來後打算繼續和他僵持下去，兩人正在對峙時，突然赫母進來了，怒氣沖沖地讓英出去，赫衝上去讓英進臥室，並讓媽媽回去，媽媽憤怒地離開，英對此很抱歉，赫並沒有遷怒於她，還送她回去。

傑衝到公司質問赫，赫說自己對英表白了，英只有在自己身邊才會發揮更大的才能，在傑身邊只是埋沒人才，赫讓傑趁現在把公司股份賣給自己，反正傑是乾股，也沒出資金，讓傑選擇安於當個製衣廠長，照樣有錢賺，還是去蹲監獄吃牢飯？

傑聽後對他的低價強取，無恥剝削氣極了，輕蔑的說傑不要妄想和大服裝企業抗衡，

娜到辦公室看到傑正在等她，

傑誇娜設計的衣服，讓娜很高興，娜猜出傑是為審查的事來，

傑開口道歉，這讓娜很意外，也感覺很對不起傑。

赫來找敏，她以為赫打算接手店裡的股份很高興，但赫說不收購店，她一下慌了神，但還是陪著笑臉應付，赫走後她再也冷靜不下來，急忙給娜打電話，卻得知赫已經把傑起訴。此時傑店裡也是一團亂，大家猜測英就要與赫在一起，認為是為了這才起訴的，傑讓大家不要擔心，做好自己的事，娜問傑有需要幫忙的嗎？傑說事情已經鬧大，只有把證詞推翻才行，讓她不用擔心，娜希望傑勸英不要再接近赫，兩人正在說話突然傑接到Simon的電話，給傑介紹了一個投資人，娜很吃驚。英回到店裡，傑追問為何要在赫那兒睡一晚，英說答應去上班，赫就不起訴傑，但傑卻認為英是用藉口去見赫，讓她想去就去，自己不會阻攔，兩人不歡而散，各自傷神。

助手告知赫，一旦傑融資成功那就再無挽回機會，所以只有儘快逼迫傑賣掉公司才能將他推入死角。這時傑來見赫，說 Simon 介紹了在美的投資人，告訴他隨便起訴自己，決不會賣給他股份。

而這時敏開始後悔與傑的合作，她確認傑被起訴的事，其實傑準備了套等她跳進來。原來那通稱是 Simon 打來，要介紹投資人的電話是傑自導自演，他讓朋友假扮投資人，帶他們參觀工廠，果然敏上當了，以為將挹注大筆資金在傑的工廠，傑財力雄厚，聲勢實力高漲，傑又故意將她留在辦公室，讓她看到桌上的投資協定書的投資額，敏立刻震驚了。

赫約傑見面，再度問他要多少才賣公司？傑笑笑開出一個巨額的價錢，赫震驚了一下，提出把英讓給他做條件，傑對此很不滿，直接拒絕了他，

傑回到家，英說已經決定去赫那裡工作，傑不願她離開，但英已經下定決心，傑看著英空空的床鋪心中說不出的難過。

助手告知英來上班了，讓赫很高興，他得知英在公司因出身問題被人非議，立刻去解決所有流言，並著手繼續收購敏的服裝店，但此時的敏對傑充滿信任，但助理表明赫非常誠意收購，且將保持敏的品牌納入公司，並揭穿傑請朋友冒充投資人的騙局，並說英已在赫公司上班，傑的人品有問題，根本不能信任，現在傑的公司已名存實亡。

敏被這個訊息震驚了，她思考後下了決定，條件是讓女兒雅也去赫的公司上班，再觀察傑的合作意向，再選擇與何人簽署協議，完成收購事宜。

傑知道赫要插足這次收購很生氣，這時赫打電話找他，表示不論願意與否，傑的公司要設在赫的集團總部裡，答應給他一筆巨額資金，讓他主動讓出公司股份，傑思索後答應便離開了，卻在走廊遇到英，兩人擦肩而過，英聽到傑現在處境困難，很心疼，她終於忍不住去找傑，此時的傑正躺在英之前的小床上輾轉難眠，他起身回到自己的臥室卻驚異的發現英正躺在自己的床上，可等他再細看時卻什麼都沒有。

傑再也無心睡覺，他找出啤酒，越醉卻越想念英，仿佛英就在這裡，從未離去。終於他忍不住出門，等他走後英卻從另一邊來到店裡，她看到大門鎖上心中若有所失。

開會的時候，赫宣布舉辦時尚王的選舉活動，只要提交設計方案，贏得時尚王的稱號，

公司還輔以優厚待遇。英來到赫的私人休息室，質問他為何搶走自己和傑的設計，拿走所有衣服，赫說自己是花資金買下來的，英得知後很驚訝，她不能接受這個事實，失魂落魄地離開了休息室。

傑給店裡的每人發了一筆獎金，傑鼓勵他們要振作起來重新開始工作，他在英公司樓下打電話，要把屬於她的錢給她，英急忙整理好準備下樓，突然赫找她，要將她介紹給新成立的服裝小組，計劃將自傑併購的公司打造成國際性公司，英被任為服裝併購小組的核心設計師，英只得告知傑不能來見他，傑正要離開就看到英和赫一起出來，英看到傑就站在對面，卻還是上了赫的車。

英一直心不在焉，她再也待不下去想提前離開，

傑在喝酒時想著設計，便著手做起衣服來，這時娜突然盛裝來到，還帶來了一瓶酒，說是慶祝他得到的那筆資金，娜看到傑做的衣服，很喜歡，提出要穿上試試，傑小心地為娜調整著衣服的尺碼，英從公司趕回來，進來看到這一幕頓時慌了神，她看著兩人親密的樣子，趕緊退出來，黯然離去。

赫去設計組看到英在吃便當，赫拿過英的筷子吃她的飯，英無奈看著他，赫讓她以後去自己的休息室吃飯，他故意把英的飯吃完便離開了。

傑的店又開始了忙碌的工作，淑突然接到英的電話，娜也恰好打來電話找傑，英透過電話中對話意識到娜和傑有往來，很難過，

這時又看到傑和娜的發布會的發布會門票，心中更是驚訝，赫也收到了請帖，與英一起去看傑的新品發布會，傑的設計讓赫很驚訝，他感到了傑的威脅，看到娜與傑的聯手，四人各懷心事，無言以對，傑的發布會舉辦的非常成功，

這是傑和娜合作成立的新公司首部作品發表，大家聚在店裡開慶功宴，傑卻莫名地感到失落。

英和赫一起離開，兩人各懷心事，英突然提出去喝酒，她喝醉了才對著赫吐露，還是很在意傑的一言一行，赫心情煩悶，終於忍不下去了，打斷她的話帶著她離開酒館。

傑回到新買的豪宅裡，他想著今晚發布會上的情景心中又高興又難過，而此時赫將英安置在自己的床上，守在床邊看著她，早上赫去叫英起床，催她快點準備好去上班，

而傑也準備出門，三人恰好在電梯裡相遇，赫一看到傑立刻變了臉色，但還是帶著英進了電梯，此時赫才知道傑也搬到這棟大樓，還和他做了鄰居，傑也懷疑兩人已經同居，英急忙解釋卻被赫打斷，故意讓傑誤會兩人的關係。

赫將娜找來，問她為什麼與傑合作？娜說只是想幫助他，赫指責娜技不如人，否則他們之間就不會有英的存在，娜一直被指責卻在另處得到重視，很灰心氣餒，赫建議乾脆投往傑的公司發展，並讓娜主動請辭。

英跑回傑店裡，看到自己之前的床鋪已經被收拾掉，心裡很失落。突然她聽到傑的聲音，不一會兒傑走出辦公室，看到英很驚訝，英客套了一番後，傑卻不願與她多談，英氣得打他耳光，問他為什麼這樣對自己？

傑直接向她下了逐客令，英哭著離開。

英睡不著便一直在做衣服，想起之前在美國時與傑的相依為命，回國後的共同拼搏，她止不住淚流。

但生活還要繼續，娜與傑攜手打拚，英在忙著設計新的產品，各自都忙碌著生活。

赫得知傑的新事業相當成功，而併購自傑的公司經營方式和以前不同，發展不如傑的新公司，赫很是頭疼。傑以一個品牌可輕鬆的擴展數十個賣場，擁有數千個設計師，不是自己獨吞而是大家分享，雖然是初期，但品牌反應熱烈，加入的廠商不斷增加，收益自然不菲，赫希望也將併購的公司循這種發展模式。

這時赫父給他打電話,讓他邀傑出來吃飯,他聽聞傑的事業受矚目,認為傑是天生的商人,非名校專業出身卻天份高,是人才就值得結交。

赫在休息室準備好便當等英來吃,看到英忙著修正衣服,吃著麵包更是生氣,英解釋是工作太忙所以沒有時間吃飯,赫強硬的讓她晚上和自己吃飯,不許她拒絕,英選著晚上赴約要穿的衣服,選來選去還是穿了傑給她做的那件生日禮服,當她來到赫家幫忙準備晚餐的佈置,突然門鈴響了,她打開門驚訝地發現竟然是傑與娜,娜詢問英時尚王的比賽,英並不關心那個比賽,用餐時赫看到英唇上沾了醬汁,傑看到很不高興。便體貼的為她抹去,赫說兩家公司本就相似,如果允許的話雙方可以合作,傑卻並不想與赫合作,直接拒絕了他的建議,

赫說自己父親要見傑,傑不為所動,讓赫轉告如果想見他,就親自來找,帶著娜離開,誰知英也提出要離開,就剩赫自己坐在餐桌邊,他想留住英卻沒有成功,看著滿桌的食物,無奈苦笑。

英失落地走到電梯裡,想起生日時傑為自己做飯的情景和離開傑的那個夜晚,心中疼痛難抑,她終於忍不住去按傑的門鈴,傑卻不讓她進屋,英終於鼓起勇氣說出自己愛傑,她害怕自己再不說會後悔一輩子,並說自己錯了,想再回去傑身邊,而英也哭著離開,留下傑在門口沉思良久。

娜來到辦公室看到傑愁眉苦臉的樣子,問他是否因為英的緣故?

說如果英回來那自己就離開，逼傑做出選擇。

英生病了，還整晚說夢話叫著「傑，我錯了。」迷迷糊糊地睡醒，自己換了冷毛巾，繼續躺下。

傑在店裡想著英的事，他在娜與英之間游移不定，他給英打電話問她病情，英很高興，

傑猶豫再三還是拒絕了英回來的請求，英一下子呆住了。

傑在河邊獨自待著，為了英的未來，她這麼年輕，有大好前景，他怕傷害英，更不願阻礙她的前途，

他決定把英交給赫照顧，卻一點也高興不起來，回到家，他又找出那條項鍊來看，陷入回憶中，

此時英也在翻看之前在美國時兩人的照片，傑的公司漸漸走上正軌，

傑從姑姑那裡得知爸爸進了養老收容所,卻一點不想去看他,把準備好的錢交給姑姑便離開了。

店裡女工們邊吃飯便討論傑的事,一旁的英意外聽到傑的母親跟別的男人跑掉的事,而妹妹也病死了,她很震驚,也很心疼傑,她有點明白傑為何一直玩世不恭的原因了。

很多人都覺得公司的時尚王比賽,只是為了捧紅英而專門舉辦的,都對英很不滿,公司到處流傳著對英不好的流言,等到時尚王比賽結果出來了,英果然晉級,主動約赫見面,想退出比賽,英突然問赫為何喜歡自己,因為她覺得自己很差勁,赫告訴英自己不奢望她喜歡自己,只希望英不要討厭就好。

結束歐洲之行後回來,傑在出國前曾去調查英的資料,

當年英媽媽的服裝店就在他們店的附近，那時英過著公主般的生活，英的媽媽還是國內最出名的服裝設計師，但意外卻突然發生，父母一夜之間雙雙離世，敏趁英孤苦無依時將店和財產侵占，英父母的那起交通事故很蹊蹺，傑為英的命運唏噓不已。

傑不時地想起與英相處的往事，他將英的床重新鋪好，坐上去回想著與英的談話，心中很是傷感。

傑突然來找敏，說是為了英父母的事情來找她談的，她不願和他談，傑立刻叫請好的律師進來。

娜在找東西的時候在傑的抽屜里意外發現那條項鍊，她以為這是傑準備送給自己的，所以很開心。

時尚王比賽的結果出來了，英果然第一名，英很興奮，

董事長特別獎勵宴請英,組長報告英領軍設計後,創下併購公司最高銷售量,英的才能優秀,前途大好,董事長交代赫,隨即安排英登上公司雜誌的封面。敏通知英來見自己,說是討論傑的事,英來到店裡,一見到英,敏就拿東西砸她,劈頭蓋臉地罵她一通,說自己絕對不會把公司交出來,要是傑繼續揪著不放,她就要告傑誹謗。英來到傑店裡,兩人見面很尷尬,英讓傑不要調查自己父母的事,然後直接離開,傑卻將英留下,自己離開。

傑送給娜一份禮物,娜以為是上次那條項鍊,很高興,誰知打開一看卻不是,等傑走後查看抽屜發現項鍊已不在了。

英替組長去紐約參加時尚晚會,英與傑在同一架飛機上相遇,兩人的座位也正好相鄰,兩人一路無言到了紐約,

卻發現他們連房間都是相鄰的。英在房間裡猶豫許久，終於忍不住打開門要去找傑，卻發現傑就站在自己門口，傑先開口求英原諒自己，英正要回答，電話突然響了，傑聽到是赫打來的，再也按捺不住情緒，衝上去把她的手機扔開，低頭吻了英。

消除隔閡的英和傑坐在一起談心事，互表明心跡的兩人此時格外親密，傑帶她去參觀紐約新買的辦公樓，英對這種奢華的生活很不適應，傑說自己想為英多做點事，包括送她繼續去設計學校念書。

回國的時候傑買了一大堆的禮物，現在的傑滿心想的都是兩人的未來。傑精神煥發地來到店裡，娜一見他便質問他為何在紐約失去聯繫，傑卻只笑不答，讓娜更生疑心。

敏找來律師準備跟傑打官司，

得知自己獲勝的幾率很大，終於舒了一口氣。律師卻告訴她傑已經申請對當年的交通事故重新調查，敏立刻變了臉色，要求律師無論如何都要打贏官司。

英正在賣場看衣服，傑突然走來將她帶去吃飯，決定帶英去看爸爸，他自己沒有勇氣去，畢竟父子兩人二十多年未見，他根本不知道見面要說什麼才好，英體貼的安慰他，兩人親密地在公園裡吃冰淇淋，赫在一旁遠遠看著，心如刀絞。

娜告訴英現在正是傑事業的關鍵時期，因為英的關係很可能重回低谷，勸她多為傑想想，英雖不願理會娜的離間卻還是擔心傑會因此損害自己的事業。

公司人事變動後，英被任命為設計組長，赫將她帶到新辦公室，並配了新車，英看著這間新辦公室非常興奮。

英告知傑自己升職的事,傑很生氣,他已經決定讓英辭職了,誰知她卻不聽自己的,煩躁的傑沒心情繼續工作,敏得知英升為組長,非常生氣,這時律師告訴她,傑找到當年為她辦理店面買賣契約的人,他已調查到這是一份偽造文書,準備起訴她,敏想到傑與赫開出的收購條件相差甚遠,卻因為傑咬住她竊占服裝店的把柄,內心非常惶恐不安。

晚上傑約英見面,準備把那條項鍊送給她,他在店裡準備好燭光晚餐,等英到來,他幻想著英看到項鍊後的反應偷偷地笑。傑正獨自在店裡喝著悶酒,他從淑那裡得知英和同事一起去慶祝升職,心中更不是滋味。

聚會結束後,赫堅持送英回去,路上他拿出準備好的禮物,

英打開是一條貴重的項鍊,堅決不肯接受,赫卻說她成為組長之後要經常會見大人物,所以才需要這樣的裝飾品,並強硬地給她戴上,英回到家裡,趕緊跑到店裡找傑,看到桌上準備好的燭光晚餐和睡在一旁小床上的傑,便走過去叫醒他,傑醒後看到英帶著的項鍊,頓時後悔自己的粗心大意,傑猜到這是赫送的,很不高興,他又一次提出要英離職,但英卻不願意,兩人又起爭執,英只得向他妥協,不高興地離開,第二天英得知昨天是傑的生日,立刻後悔,英做好決定,立刻著手準備辭職信。

董事長深諳商場的遊戲規則,對於欣欣向榮的公司,不是消滅就是收購,無論如何都要鏟除,不容他們有生存的餘地。

赫詢問助手想再收購傑的新公司,

助手報告傑的新公司運作和之前的公司不同,以傑的商業頭腦日進斗金非難事,絕對不容小覷,目前開設商場和管理成本的利潤很難超過5%,而傑的公司只需給製衣廠附近的批發商家提供樣版並收取使用費,就坐收漁利,傑的公司雖然只是一家小公司,可提供數百商家樣版,創造高額的利潤,如擴及到數千家,就能有更可觀的價值,並準備進軍國外,打開更廣大的市場,以公司現在的實力收購傑公司實在不可能,還不如把已收購的公司也變成相同發展模式。

英將赫送的禮物和辭呈一起遞上,赫生氣地問是不是傑的決定,英說這是自己的決定,赫不能相信英竟然這麼無情,但英還是頭也不回地離開了。

敏約傑見面，請他放過自己，表示會奉上大筆酬謝金，傑直接拒絕她，表示自己是上流社會的人，即使打官司也一定會贏，她說自己就是要上流社會的人，傑立刻表示自己就是上流社會的人，看看她當年是怎麼竊占時裝公司，如何對待英的，並讓她以後不要找自己單獨見面，有事一定要有律師在場。

傑找不到英打算去找赫，卻不敢敲門，傑到處找不到英，很心煩，他來到店裡發現英正在做衣服，質問她為何一天都找不到人影？英說正在給他做生日禮物，讓他先在一邊等著，不許偷看。傑心裡很高興，安靜地等她做好衣服，向她道謝，收起衣服，想帶她回自己家喝酒慶祝，英不願去，卻被他強拉走，兩人回到豪宅，英驚訝地看著這裡華麗的裝修，傑說這是他們的家，他早就準備好兩人共同生活的一切，並幫她聯繫好紐約的學校，因為他一直為英退學的事內疚，

傑說起自己第一次見英的感受,原來英與他死去的妹妹同月同日生,那時他便把英當做親密的人,想和自己一樣孤單長大,努力生存的人永遠在一起,傑多年的心結終於獲得解放。

英與傑又產生矛盾,英想起兩人復合以來發生的種種事,心情越發沉悶,英又忍不住想起傑說過的話,忍不住給傑發簡訊,她看到電話里赫的留言不知該如何是好。傑與娜來到店裡,看到英很不高興,傑卻態度很差地趕她回去,英卻堅持要留在這裡。

傑與娜去吃飯,意外遇到赫爸爸,赫父見到傑很高興,表示出想與傑合作的意向,傑卻沒有表示反對,父親質問赫,娜與傑的關係,得知赫對傑一無所知很生氣,他不明白傑帶著娜出現在自己經常去的餐廳,

刻意見自己是為了什麼目的？看到赫還在詆毀貶低傑，瞧不起他，不由罵他不爭氣，決定親自打探傑的目的。英正將店裡收拾乾淨，準備入睡，又回到這裡，她感到無比舒適，不由得想起第一次見到傑的那晚，英聽見敲門聲，來人是赫，赫問她是不是傑逼她辭職，英說是自己決定留在這裡，赫對她大吼，赫來到店裡剛好與赫碰上，無力地求她回到自己身邊，傑來到店裡剛好與赫碰上，他看到赫難過的樣子，心情不由得變好，他是給英送宵夜來的，得知赫想讓英回去，感到很可笑，傑不放心英一人住在店裡，便決定也搬來陪她，晚上兩人同躺在英的小床上，英沒辦法讓傑回家，只得同意與他一起回去。赫與傑同時回豪宅，在電梯裡相遇，他壓制不住自己的怒氣，指責傑竟然拒絕與父親合作，

傑卻盛氣直接說赫父出的錢太少了，竟然只以如上次一倍的價錢收購，大企業以如此低價併購國際性的公司，是很失面子的事，怎麼可能達成？

赫看著傑傲慢輕蔑的姿態，氣得想要打他。敏得知律師找不到傑事業上的把柄，卻意外得知傑的父親在收容所，母親在多年前跟人跑去美國，律師直接勸敏與其打官司不如高價賣掉店，這樣才能獲得最大利益。

赫父告誡赫，傑是不可輕視的對手，實力絕對在其之上，赫父說起大衛王的故事：一天他登上城牆俯瞰自己的都城，看見一個年輕女王子，一見鍾情，將女子叫進皇宮，賜給她金銀珠寶，就像現在赫為英所做的一切，討她的歡心。

可是調查後發現，女子正是一個忠實部下的妻子，大衛王此時應該怎麼做？他將部下派上戰場殺死他，他連最忠實的部下甚至都可以殺死，對多一倍金額收購都不動心的對手，知道該怎麼做嗎？赫父說如果真的很在乎英，就要阻止傑再度東山再起，想盡辦法消滅傑，如此英自然就會回到身邊。

傑要帶英去娜工作室的開業晚會，等英換好衣服後，傑拿出那條準備許久的項鍊，英看著項鍊卻想不起這條項鍊的來歷，這讓傑很失望，又將項鍊收回。晚會上敏看到英，將她拉到一邊，心虛討好地說打算把財產送給英一半，英的回答卻讓她誤會英想要的是全部。

英和傑一起回去，路上傑安慰英說自己會全力支持她，

回到家裡他不停地想起剛才赫當場對英表白的事，傑睡不著，心情壞到極點，店裡的女工們在討論英到底該選擇誰而爭執，英再也聽不下去，起身離開店裡。

在電梯裡赫接到英的信息約他見面，英在酒吧里等赫，還沒說明來意，赫就說再也不會糾纏她了，英說起自己第一次遇見赫的事，說無法想像若是沒有遇見赫那會是怎麼樣，卻無法回應更多。她說自己愛的人是傑，她很感激赫，勸他忘了自己，回去的時候赫在電梯裡遇到傑，赫問他是否愛英？是否向英表白過？傑無言以對。傑與敏簽訂契約，將時裝店賣給他，現在的她恨死了傑，雖然現在自己一時失利，但總有一天會讓傑血債血償，現在時裝店已經到手，傑根本不懼怕她。

晚上傑和義大利來的公司代表聚餐，他計劃讓義大利公司和赫合作，將之前被赫所收購的公司打造成國際性品牌，準備進軍歐洲市場。

原來這兩人正是與赫會見過的義大利商人，而這一切都是傑的安排，娜問傑那間義大利公司的幕後老闆到底是不是他，傑承認了，原來他把那家義大利公司收購了，並故意與赫的公司合作，設下陷阱，只等赫跳進來，娜覺得自己被利用了，問他到底要怎麼對付赫，兩人起了爭執，娜不願意他這樣冒風險，也不願赫為此受傷。

傑買了新跑車惹來大家一片驚呼，他帶著英去兜風，來到敏的時裝店，重回這裡英很猶豫，看到店名變成了自己的名字驚訝不已，傑告訴她這裡現在是她的店，

英卻擔心他是非法得到，傑說自己是收購得來的，說這裡本就是屬於她的，讓她安心接受，英覺得這一切都太意外了。

她一直覺得只要和傑一起尋找夢想就好，只要兩個人幸福就好，這些東西都不重要，她很感激傑的做法，但這裡留給自己的記憶都是不好的，傑明白她的意思，讓她隨便處置這家店，自己開著車離開。

這時他接到電話來到殯儀館，爸爸突然去世了。

傑心中很難過，英在店裡等了許久，傑終於回來了，她想了一天還是把時裝店的鑰匙和收購文件還給傑，傑不明白到底應該給英什麼才好，他還在意上次項鍊的事，以為英心中還有赫，求她收下那家店。

第二天一大早娜便來找傑，傑突然說自己很感激她，但卻無法接受她的心意，為此很抱歉。

娜告知赫那間簽訂合作案的義大利公司是傑的，赫大怒去找傑，因為那份契約對赫公司極為不利，赫還在為自己掉入傑陷阱的事生氣。

這時敏來找赫，她已知道義大利公司是傑收購，計劃來騙取赫的企業合作，

根據她仔細調查，傑的公司廣告費用占收入90%，他又花費巨資，以高額貸款購入豪宅，還在紐約蓋了很大的家族式渡假村，購買紐約辦公室和豪宅、國內的辦公樓，再加上收購了義大利的公司，花費如此巨大，傑僅是一家小公司，並非如赫家族企業龐大，就算賺再多的錢，怎麼吃得消？

敏的公司被傑掐住咽喉強行低價收購，對傑的憤恨不滿，已經想到周全的主意來對付他。

先造謠傑壓榨製衣廠小商家的辛苦錢，過奢華的生活，敏設計一連串關於摧毀傑的方法：

消息傳播的很快，這些商家會紛紛背離，可將傑推入死巷；推出和傑相同質感的品牌，壓低價格與傑競爭市場；再提供更優厚的待遇，成立相同的協會收取較低的費用；強調大企業的特點，可借助商家營運資金，這些有效的措施可讓商家靠攏；對本來就富的人，他們不敢怎麼樣，但是跟自己一樣窮的人突然富了，就會互相撕咬，這就是大眾的心理，要利用這種心理，運用打擊傑的辦法可以孤立他，一舉打敗他，果然很快傑事業受到打擊，名聲一落千丈。

傑被朋友們叫回店裡，看到報上關於自己身世的壞訊息，擔心這些流言會打垮傑，傑表示要反擊回去。這時很多看到報紙的合作商都不再相信傑，表示要和赫的公司合作，這下事情鬧大了。

英準備好晚餐正在等傑，英把自己設計好的圖樣拿給傑看，

這是她為時裝秀準備的設計,也是當年為了進時裝學校特意準備的,傑立刻打電話給朋友,為英的時裝秀做準備,英很高興,為收購媽媽的店的事向他道謝,傑開心起來,讓她儘快接手店面。

傑的事讓記者們不停地打電話來詢問情況,工廠那邊也斷了線路,而傑卻一直沒有準備解決這件事,他現在滿心想的就是為英準備時裝秀,傑到處籌錢準備為英舉辦時裝秀,為此打算把車子賣掉,赫認為傑已經瀕臨破產,向娜邀請她回到自己公司,娜沒有拒絕。

英去參加時裝秀,接到訊息有人來找傑討債,急忙趕回去,英得知是赫在報復傑,趕去找赫,赫當著朋友的面對英冷嘲一番,英問他為何傷害傑,赫生氣地將她趕走,

可是等英真的離開後他又忍不住追上去，問她怎樣才能忘記傑，說自己很愛她，英的沉默讓他很失落。

傑來見赫，赫故意諷刺他面色憔悴，傑咬牙向赫借錢，說自己要給英辦時裝秀，此時兩人身份轉換，赫高傲地拒絕，傑不得已說出把公司的股份全部給他，以此為條件讓他為英辦時裝秀，傑離開的時候恰好遇到娜，得知她的辦公室已經被封了，明白她現在又在赫這裡工作，很無奈卻沒有說什麼。

赫父問英是不是在準備時裝秀？然後轉身斥責赫為何還要管傑的公司？前次收購已吃過虧，大罵赫不長記性，還花巨大資金買傑破產的公司，同一處地方要摔幾回跤才能學會教訓？

晚上傑回到店裡，看到熟睡的英感到很欣慰，他從口袋裡拿出那條項鍊意識放在英枕邊，又悄悄離開，英半夜醒來看到那條項鍊意識到傑來過，卻不見他的身影。第二天一大早她就來到傑的家，卻發現工人們正在搬家具。

一個月後，赫來到英的家，看到一封寄給英的信，拆開發現是傑寄來的機票，讓英去找她，他想了想將信藏起來，上去找英，傑失蹤許久，看著憔悴的英，赫明白這都是因為傑，赫想要陪伴英一起去美國完成學業，兩人來到紐約，赫問她想不想見傑？英搖頭，其實心裡很難過不捨，赫又高興又不安的走出房間後，英為傑的離去傷心落淚。

而在紐約等待著英的傑，在學校門口見到英和赫在一起，晚上傑來到兩人合住過的公寓，坐在門口思念英，

因為破產忍痛離開心愛的人，只希望赫能支持有天份的英在未來道路上發光，回想著兩人相識以來的點滴，痛苦難抑。他醉醺醺地回到住處，坐在頂樓哭著給英傳訊息，說自己想她，英看到他的話眼眶泛紅。早就想對這事業上的勁敵斬草除根，讓自己的兒子能贏得英的芳心，憤恨傑的赫父買通了槍手埋伏在頂樓，這時突然出現，將淚流滿面的傑一槍打死，傑最終也沒能聽到英的那句話：我也很想你。

一個名叫英的紙娃娃

獨自生活在一個被遺忘的角落

她是用在街上撿到的紙片做成的

看起來只不過是一個被遺忘的玩具

英在製作精美服飾方面有著不可思議的天賦

有一天，她聽說正在舉辦一場比賽

以尋找世界上最好的服裝設計師，她決定參加

她用精湛的手藝創造了最美麗的衣服

給所有評委留下了深刻的印象

她贏得了比賽，成為了著名的服裝設計師

她已經證明，如果擁有獨特的才能和熱情

即使是最小和被遺忘的人也能獲得成功

英的故事並沒有以她自己的成功而告終
她堅信合作的力量，並從工作中找到樂趣
她與其他設計師、藝術家、甚至珠寶商合作
為電影、戲劇作品和時裝秀打造獨特的服裝
通過她的工作，她能夠將她獨特的設計變為現實
並向世界展示時尚工藝的美麗
繼續激勵著將自己的夢想變成現實的人們
她是一個光輝的榜樣
無論覺得自己多麼渺小或微不足道
只要充滿熱情和奉獻精神，通過努力和決心
都能成為最好的自己，追尋自己的夢想

```
國家圖書館出版品預行編目

時尚女王. 3 / 陳零著. -- 臺北市：MIA,
 2025.08
   面； 公分
   ISBN 978-626-01-4672-6(平裝)


863.57                114011823
```

時尚女王3

作　　者／陳零
封面設計／Jessie Hsieh
出版策劃／MIA
製作銷售／秀威資訊科技股份有限公司
　　　　　114 台北市內湖區瑞光路76巷69號2樓
　　　　　電話：+886-2-2796-3638
　　　　　傳真：+886-2-2796-1377
網路訂購／秀威書店：https://store.showwe.tw
　　　　　博客來網路書店：http://www.books.com.tw
　　　　　三民網路書店：http://www.m.sanmin.com.tw
　　　　　讀冊生活：http://www.taaze.tw

出版日期／2025年8月
定　　價／250元

版權所有・翻印必究　All Rights Reserved
Printed in Taiwan